家里多了个小宝宝

[美] 杰奎琳·伍德森 著

[澳] 苏菲·布莱科尔 绘 代冬梅 译

中信出版集团 | 北京

当夏天与我们依依惜别，将缤纷的色彩抹上枝头时，
妈妈翻出了我的冬衣。

“这些衣服太小了，该送人了。”我说，“这可不是一条迷你裙。”

妈妈笑了，说：“吉娅，留下它吧。”

我知道她接下来要说什么——又是关于那个**臭宝宝**。

“我不明白，咱们为什么要留着我的这些旧衣服呢？”我说。

“你知道的呀，”妈妈回答，“我们家就快有一个新宝宝了呀。”

“不是真的很快吧？”

“也许就在第一场雪落下的时候。”妈妈说，“很酷，对吧？”

“也没那么酷。”我说。

我望着窗外的落叶，默默地许了一个愿望：冬天快点儿来，也请快点儿走吧，最好一场雪都别下。

妈妈摸了摸我的头发说："告诉你一个秘密，这个宝宝特别喜欢吃核桃派，他现在就想来点儿。"

"好吧，"我说，"我喜欢核桃派，你也喜欢核桃派。这个宝宝只会跟别人学。"

在厨房里，妈妈给我们俩切了一大块核桃派。

等到了穿夹克的日子，人人都开始谈论那个新宝宝！

课间休息的时候，我的朋友裘娜和欧米问我：“你希望是个男孩，还是女孩？”

另一个朋友翠茜说：“咱们来玩个游戏吧，就叫‘妈妈要生宝宝’。”

如果是个女孩，
给她一头卷毛。
用厕纸把他包好，
让电梯把他带跑。
一楼——停！
二楼——停！
三楼——当心，这层喊停就得停！

当我的好朋友米凯拉来家里过夜时，她说：“你妈妈可千万别把宝宝放在我的床上，不然以后我来你家该睡哪儿呢？”

天哪！我心想，那个**臭宝宝**要霸占我朋友的地盘了！

我的婶婶们也都为这个宝宝着迷。她们每周来我家参加甜茶吐司派对时，总是咕咚一口就喝完了茶，啊呜两口就吃光了吐司，没有一个人愿意跟我寒暄一句：“嗨，亲爱的小姑娘，天气可真不错呀。”

吃完后，她们就立即起身跟妈妈坐在一块，又谈论起那个宝宝来。

整个秋天，树叶纷纷落下，白天越来越短。

一个星期六，家里收到一个超大的箱子。整整一个下午，叔叔们都在我的房间里组装宝宝的婴儿床，他们一边挠头，一边嘀嘀咕咕。

学校里，老师给我们读了一本书，书里讲到一个马上就要当姐姐的女孩。老师一讲完故事，

全班同学都看向了**我**。

表姐带着她刚出生的宝宝来看我。她把扭来扭去的小家伙放到我腿上，说：“你肯定准备好当姐姐了，是吧？”

“并没有。”我说着，把哇哇大哭的宝宝还给了她。

一天晚上，外婆带我们去了一家高级餐厅。她不停地对着妈妈唠叨："把你盘子里的蔬菜吃掉。你该点些甘蓝，宝宝需要。"

妈妈做了个鬼脸，我们都笑了。

"哎呀，外婆，"我说，"他可不是个甘蓝宝宝，这个宝宝爱吃核桃派。"

所以，吃甜点的时候，我和妈妈分享了一块核桃派。

"你有足够的时间休息吗？"外婆问，"你知道的，我可以照顾吉娅。小宝宝现在需要你。"

我想说，我现在也需要妈妈。

妈妈伸出手，抚摸着我的背，说："我和宝宝都需要吉娅，我们得待在一起。"

虽然我不喜欢妈妈谈起那个**臭宝宝**，但妈妈的手抚着我的背，这种感觉真好。

我很开心妈妈需要我。

有时候，我坐在门廊上，回想着只有我和妈妈的那些日子：

我们一起喝着热巧克力，编着傻乎乎的故事；

那些天空粉蓝粉蓝的清晨，我跳到妈妈的床上，钻进她的怀里，而妈妈还努力地想再睡一会儿……

可现在，那个宝宝会**改变这一切**！

感恩节那天，表哥表姐们来我家过节，人人三句话不离宝宝，宝宝这样，宝宝那样。

“我受够了那个烦人的臭宝宝。”我说。

不过，可能我说得不够大声，因为每个人依然在哈哈大笑，滔滔不绝，为宝宝的到来出谋划策。

整张餐桌一下子安静了。

妈妈让我回到自己的房间。

我待在楼上，感觉想要流泪，喉头发紧。

虽然家里挤满了人，可是我真的、真的觉得

好孤独。

过了一会儿，妈妈上楼来，挨着我坐下。

我没有看她。

“吉娅，你知道新宝宝到来后，我最想念的会是什么吗？”妈妈问道。

“我知道我最想念的会是什么。”我说，“所有，所有我们在一起的时光，在……在……”

“臭宝宝到来之前。”妈妈说。

我笑了，“是的，在那个烦人的臭宝宝到来之前。”

“你猜怎么着？”妈妈悄声说。

“什么？”我问。

“我也会想念的。”

“真的吗，妈妈？”

“当然！”

“那些旧时光真美好。”我说。

妈妈笑了，说：“到时候，你可得把那些美好的时光都讲给宝宝听啊。”

我点点头，“我会的。”

然后，妈妈把我搂在怀里，我们就那样依偎着。而那个爱闹腾的臭宝宝，正在妈妈的肚子里手舞足蹈。过了一会儿，妈妈说：“今晚可真冷啊，天气预报说要下雪了。”

“那咱们下楼去吃些点心吧，趁着那个爱闹腾的核桃派宝宝还没到！”

妈妈大笑起来。因为她知道，正如我也知道，我们三个此刻都多么想来点儿核桃派啊！

毫无疑问，这本书献给我的两个宝贝：

托西·乔治亚娜和杰克逊-勒鲁瓦。

——杰奎琳·伍德森

献给里亚和斯凯勒。

——苏菲·布莱科尔

图书在版编目（CIP）数据

家里多了个小宝宝 /（美）杰奎琳·伍德森著；代冬梅译；（澳）苏菲·布莱科尔绘. -- 北京 ：中信出版社，2021.6（2021.10重印）

书名原文: PECAN PIE BABY

ISBN 978-7-5217-2406-6

Ⅰ.①家… Ⅱ.①杰… ②代… ③苏… Ⅲ.①儿童故事－图画故事－美国－现代 Ⅳ.①I712.85

中国版本图书馆CIP数据核字（2021）第041927号

家里多了个小宝宝

著　　者：[美] 杰奎琳 · 伍德森　　绘　　者：[澳] 苏菲 · 布莱科尔　　译　　者：代冬梅

出版发行：中信出版集团股份有限公司（北京市朝阳区惠新东街甲4号富盛大厦2座　邮编　100029）

承 印 者：北京启航东方印刷有限公司

开　　本：889mm × 1194mm　1/12　　印　　张：$3\frac{1}{3}$　　字　　数：30千字

版　　次：2021年6月第1版　　印　　次：2021年10月第 2 次印刷　　京权图字：01-2020-7623

书　　号：ISBN 978-7-5217-2406-6

定　　价：45.00元

出　　品：中信儿童书店　　图书策划：红披风

策划编辑：池旭　　责任编辑：谢媛媛　　特约编辑：魏亚西

营销编辑：张旖旎　金慧霖　陆琮　　装帧设计：李燕萍

服务热线：400-600-8099

投稿邮箱：author@citicpub.com